To _____

_____

From _____

_____

당신에게 행복을
선물 하고 싶어요

당신에게 행복을
선물 하고 싶어요

70c

indigo
Story and mate

CONTENTS

선물을 찾는 법

"난 뭘 해도 완벽하지 못해서……."라며 자신을 탓하는 친구의
이야기를 들었을 때의 일입니다.

문득 예전의 제 모습이 떠올랐죠.
저도 일과 인간관계에서 똑같은 고민을 오랫동안 한 적이 있습
니다.

하지만 어머니가 병으로 돌아가시고 난 후 소중한 사실을 깨닫
게 되었죠.
어머니를 생각할 때면 어머니가 이루어 낸 훌륭한 일들보다는
일상의 아주 사소한 일들이 떠올랐거든요.
제가 직장 문제로 고민하고 있을 때 어머니가 해 주신 한마디
말이나, 아프신 와중에도 의지를 가지고 노력하시던 모습 같은
것들이죠.
특히 정말 행복하다고 느꼈던 때는 가족 모두 모여 시시껄렁한

농담을 하며 웃던 순간이었습니다.
어머니가 돌아가시고 난 후, 소중한 것은 목적지가 아니라 가는
길 중간에 놓여 있다는 것을 확실하게 알게 되었어요.

지금 현재의 행복을 느낄 수 있느냐 없느냐는 행복을 찾을 수
있는 방법을 익힐 수 있느냐 없느냐에 달려 있다고 생각해요.

눈을 크게 뜨고, 이미 자신에게 주어진 선물이 얼마나 많은지
찾아보세요.

멋진 것을 발견하셨다면 제게도 알려 주시고요!
Twitter : @sakanoue

사카노우에 요코

STRAY SHEEP

길 잃은 어린 양

괜찮아요

괜찮아요.
훌륭한 말솜씨가 없어도
훌륭하게 일을 해내지 못했다는 생각이 들어도

당신을
알아줄 사람은
생각보다 훨씬 많답니다.

WE UNDERSTAND YOU MORE THAN YOU THINK WE DO.

심호흡

괴로울 때는
'코로만 심호흡'을 해봅니다.

마음이 흐트러져 있으면
처음에는 잘 안 되지만

그래도 무리를 해서라도
'코로만 심호흡'을 해보세요.

깊은 숨을 쉴 수 있게 되면
단 몇 분 만에 머리가 맑아져요.

코로 깊게 숨을 들이마셨다가
코로 깊게 내뱉어요.

그렇게만 했을 뿐인데

신기하게도 모든 것이
투명해지고
편안해져요.

당신만 그런 게 아니에요

모두가
각자
저마다의 힘든 일이나

모두가
각자
짊어지고 사는 책임이 있지요.

문제는 저마다 다르지만
하나같이 상처 입히거나
상처를 입으며 살아요.

그 시기도
저마다 달라서
전혀 그렇게 보이지 않을지도 모르지만
누구나 모두가
저마다 하나같이
괴로운 일을 안고 살아요.

당신 혼자만
그런 게 아니랍니다.

EVERYONE IS FEELING ALONE
AS YOU FEEL ALONE

버리기

'뭔가 잘못되었다'고 느낀다면
깨끗이 버리면 그만이지요.

남들이 뭐라고 생각할지
전혀 신경 쓸 필요 없어요.

내키는 대로 해도 괜찮아요.
기죽지 마세요.

뭔가 잘못됐다고 느껴지는 건
확실하게 자신의 손으로 버리세요.

용기를 가진 사람에게만
그 다음 문이 열린답니다.

FEELING SOMETHING WRONG? THEN, LET IT GO.

직감

직감을 믿어요.

직감?

그래요,

당신의 직감을 믿어보세요.

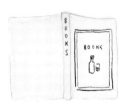

INTUITION, THAT IS.

WHO YOU ARE

자신의 모습

LISTEN TO YOUR HEART,
NO ONE ELSE'S, AND GET GOING.

뭔가를 시작할 때는

"돈을 버니까"라거나
"누구를 위해서"가 아니라

이건 내가 '좋아서 하는' 거지? 라고
자신에게 분명하게 확인할 것.

"돈을 버니까"라거나
"누구를 위해서"라는 이유는
순간 옳은 것처럼 보이지만

시간이 흐르면서
점점
균형을 잃게 된답니다.

내버려 두기

어떤 선택을 해야 좋을지
스스로 답을 찾지 못할 때는
억지로 행동하지 말아요.

흘러가는 대로 맡겨 두면
그러는 사이에 툭 하고 답이 떨어진답니다.

LEAVE A QUESTION IN THE CLOSET,
IF YOU DO NOT KNOW AN ANSWER.

너무 깊이 생각하지 말아요.

사람은 생각하기 시작하면
멈출 줄 몰라서
결국엔 '생각하는 일'에 지쳐 버리죠.

지치게 되면
잘못된 행동을 하기 쉬워지니까

어떻게 하면 좋을지
결정하지 못할 때는
의식적으로
그냥 내버려 두세요.

미래의 얼굴

어떤 식으로 살아왔는지
시간이 갈수록 확실하게 '얼굴에' 나타나지요.

성실하게 살아온 사람의 얼굴은 아름다워지고
아무리 아름답게 태어났어도
거짓말을 일삼으며 살아온 사람의 얼굴은 일그러지죠.

그러니까 지금
당신 눈앞에 있는 '선택'이
'미래의 당신의 얼굴'이 된답니다.

YOU LOOK LIKE YOUR LIFE.

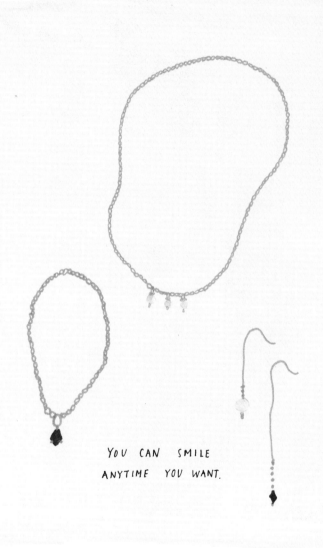

YOU CAN SMILE
ANYTIME YOU WANT.

성격

긍정적인지 아닌지 그런 건 성격이 아니에요.
'적극적인 말을 하자' 같은 건
자신이
지금 이 순간 결정할 수 있어요.

하물며 '이 순간에 웃을지 말지' 같은 건
자신의 의지만으로 결정할 수 있지요.

저마다의 모습

다양한 사람을 만나면 알게 되죠.

무슨 일을 하든
최종적으로는 어떻게든
그 사람만의 '모습'이 되어 간다는 것을.

WHO YOU ARE IS WHO YOU ARE,

자신은 결국 자신의 모습밖에 될 수 없으니
남과 비교하지 않아도 되겠죠?

조바심을 내가며
다른 사람과 똑같은 '모습'이 되고 싶지는 않겠죠?

NOT WHO OTHERS ARE.

LIFE IS ABOUT WORK,
PLAY AND LOVE - EVERYTHING.

어떻게 살 것인가

어떻게 살 것인가는

누구와 일을 하는가
누구와 노는가
누구를 사랑하는가의
집대성이에요.

YOUR LIFE, YOUR CHOICE

눈앞의 선택

과거를 대하는 법

일부러 과거의 바닷속으로 걸어 들어가
허우적대지 마세요.

끝난 일은
멀리서 바라보며
아름다웠지 라고
생각하는 정도가 딱 좋은 것 같아요.
옛날에 조금 허우적대다
소금물을 마시곤
괴로웠었지 라고.

달콤하면서도 숨 막히는 느낌 그대로

그냥 그렇게 두는 것이
멋있는 것 같아요.

WHAT IF YOU CAN LIVE ONLY ONE MORE YEAR?

만일

만일
앞으로 1년 밖에 살 수 없다는 것을
알게 된다면

누구와 밥을 먹을까?

매일매일
열심히
고르겠지요.

BAD PREVAILS,

WHILE GOOD IS FORGOTTEN UNTIL WE LOSE IT.

사라지고 난 후에

어째서 나쁜 일은
괴물처럼
머릿속을 점령해
신경 쓰이고
신경 쓰이고
잠 못 들 정도로
신경 쓰이는데

좋은 일은
지나고 나서야
생각하게 되는 것일까요?

DO NOT SAY 'NOTHING' IF IT IS NOTHING.

돌아갈 필요가 없을 때는
애써 돌아가지 말 것

"무슨 일이야?"
라는 질문에

별일 아니지 않으면서도
"별일 아니야."
라고 말하지 말 것.

귀찮은 사람이 되지 말 것.

알고 있어요

전 세계의 철학과 종교에 대한 이야기를 담은 책들에는

자신을 괴롭히는 상대와는 싸울 필요 없이
그저 '용서하면 된다'고 쓰여 있었어요.

자신이 '용서'하겠다고 결심만 하면
괴로움이 단숨에 사라져버리는 거죠.

그때는 '용서' 같은 건
도저히 불가능해 보였지만
그저 그 방법을 알고 있는 것만으로

어쩐지
너무나 안심이 되었답니다.

A TIP FOR LIFE - FORGIVE AND YOU FEEL BETTER.

"THAT CAN BE AN IDEA" – SAY IT TO YOURSELF
EVEN IF YOU DO NOT THINK IT CAN BE

가치관

자신과 가치관이 전혀 다른 사람이
뭔가 터무니없는 말을 하더라도
웃으며 "그렇게 생각할 수도 있겠군요."라고 말하세요.

"말도 안 돼."라며
넘어갈 의견도

"그렇게 생각할 수도 있겠군요."라고 마음속으로
한 번 더 중얼거려보세요.

말

심술궂은 말을 들었을 때

저 사람이 이렇게 말했다, 저렇게 말했다 하고
몇 번이고 몇 번이고 회상하며 눈물짓는다면

말의 실타래에 뒤얽혀

자기도 모르는 사이에
스스로
소모되어 꼼짝할 수 없게 된답니다.

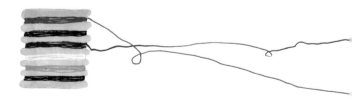

말이란 건 말이죠.
좋은 말만
곁에 두고
사랑하세요.

그밖에
필요 없는 말의 실타래는
스르륵 풀려
절대로 나에게 엉키지 못해요.

우아하게 말이죠.

좋아하지 않는 것을
몸에 걸칠 필요는 없어요.
옷을 고르듯
추한 말은 곁에 두지 말아요.

화내는 메일

감정적으로 화내는 메일에는
답장하지 말아요.
특히 여러 명에게 참조로 보낸 메일이라면 더욱더.

그런 메일이 오면 만나러 가세요.
아무리 힘들어도 만나러 가세요.

눈앞에 있는 성실한 사람에게
계속 화를 내는 사람은
좀처럼 없으니까요.
만나서 눈을 보고 이야기하세요.

해결한 후에는 상대를 치켜세우며 모두에게 답장하세요.

누가 어른인지 확실히 알겠지요.

IF AN ANGRY EMAIL IS DELIVERED TO YOU,
GO AND SEE THE PERSON WHO DELIVERED IT.

RECIPE FOR A BEAUTIFUL FIGHT - KNOCKDOWN (80%),
SMILE AND LET THE PERSON ESCAPE

아름다운 싸움

진짜 화가 났을 때는
상대를 80퍼센트 정도 넘어뜨렸다고
생각되면

장난스러운 눈으로 웃으며

가볍게 몸을 비틀어
상대가 아름답게 도망갈 수 있는 길을 열어 주세요.

그 정도가
딱 좋지 않을까 생각해요.

그 후

실수를 저질렀거나
창피를 당했거나
설령 실패했더라도

그런 건 전혀
중요한 게 아니에요.

그 후

어떻게 했는지가 100배는 중요해요.

GIRLS, BE AMBITIOUS

소녀들이여, 야망을 가져라

GIRLS, BE AMBITIOUS

Girls, Be Ambitious

여성들이여 Girls, Be Ambitious를 기억하세요.
행복해지기 위해 적당히 타협하지 말아요.

단 한 가지도.

울어도 좋으니
발이 걸려 넘어져도 좋으니
성공하지 못해도 좋으니.

A BROKEN HEART MAKES YOU MORE BEAUTIFUL.

훨씬 나중에

실연은 멋진 것이죠.
울고 반성하고
다정해지고.

그리고 당신은 좀 더
반짝반짝 빛나는 매력적인 사람이 되죠.

당신을 선택하지 않은
그 사람은
먼 훗날

"아, 아깝다."라고 말할 거예요.
틀림없이.

용기

마음이 굳어 있을 때
억지로라도

빙긋 웃을 수 있다면

그건 대단한 '용기'예요.

IF YOU SMILE WHEN YOU FEEL TIGHT,
YOU ARE A BRAVE GIRL.

WHAT HAPPY SHEEP DO

행복한 양들의 습관

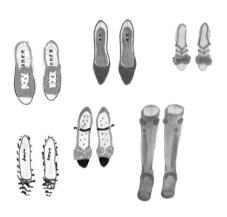

3 NECESSARY AND SUFFICIENT CONDITIONS FOR HAPPINESS.

1. DO YOU LIKE YOURSELF?
2. DO YOU HAVE SOMEONE WHOM YOU CAN DEPEND ON?
3. DO YOU FEEL YOU HELP SOMEONE?

행복의 조건

행복한 사람의 조건은
3가지로 정리된다고 가르쳐준 사람이 있었어요.

있는 그대로의 자신이 좋은가?
의지할 수 있는 사람이 있는가?
누군가를 위하고 있다고 느끼며 사는가?

그 중 어느 하나라도 없으면 안 된다고 하더군요.

좋은 일과 나쁜 일

소중히 여기던 물건이
깨졌다면

반사적으로
"아, 좋은 일이 생기려나."하고 생각하세요.

소중히 여기던 물건은
당신이 허전해하지 말라고
멋진 행운을 가져다줄 거예요.

WHEN STOLEN OR HURT, JUST PRAY.

마음 쓰는 법

물건을 도둑맞았을 때
누군가에게 상처를 받았을 때

당한 일보다는
그렇게까지 해야만 했던
그 사람이 살아온 불행했던 지난날들을 생각하세요.

심한 짓을 한 그 사람의
앞으로의 인생이 지금보다 더 괴로워지지 않기를

투명한 마음으로 기도하세요.

open mind

뭔가 잘못하고 있을지도 모른다고

내가 자신 있는 일조차도
어쩌면
잘못하고 있을 지도 모른다고

눈을 감고
가만히 마음을 열어 보세요.

OPEN YOUR MIND TO AN IDEA
THAT YOU MAY BE MISTAKEN

바쁠 때

진짜 바쁠 때도
'바쁘다'는 말을 하지 않도록 조심하세요.

'바쁘다'는 말은
새로운 인연을 멀어지게 할지도 모르니까요.

DO NOT GET TOO TIRED,
OR YOU MAY BE HARD ON
A PERSON YOU LOVE MOST.

피곤한 날에는 조심하기

사람은 피곤해지면 안 돼요.

무리해서 피곤한 날에는
마음을 터놓고 지내는 소중한 사람과도

자기도 모르게 다툴 수 있으니까요.

말로 표현하기

소중한 사람에게
좋지 않은 일이 있을 때
아무것도 해 줄 수 없어서
괴롭다면

그 마음을 확실하게 말해주세요.

아무것도 할 수 없다면
그대로 솔직하게
"아무것도 못 해줘서 미안해."라고.

자신과 가까운 사람이라면 더욱더
확실하게 말해주세요.

IF THERE IS NOTHING YOU CAN DO, YOU CAN
AT LEAST SAY YOU CAN DO NOTHING.

PRESENT

선물

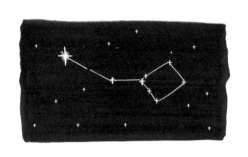

WHAT IS MOST IMPORTANT
LIES IN FRONT OF YOU.

눈을 크게 뜨고 있을 것

소중한 것은 언제나 눈앞에 있는데도

너무나 당연하다 보니
때때로 전혀 보이지 않아요.

LEAVING THINGS AMBIGUOUS IS A DEED
OF GENTLENESS AND BEAUTY.

애매한 채로 두기

어른이 되어서야 알았어요.
애매한 상태 그대로 두는 것이
의외로 편안하고 아름답다는 것을.

LIFE IS ALWAYS HALFWAY.

미완성

인생은 불안정하고
들쭉날쭉하며

언제나, 너무나
미완성.

하지만 그것이 '당연하다는 걸'
알고 있기에

초조해하지 않고
느긋하게 앉아 있을 수 있는 거죠.

사소한 것

세상을 떠난 사람을 떠올리면
생각나는 것은 언제나 사소한 것들.

쓸데없는 농담으로 웃던 기억이나

"올해 벚꽃을 볼 수 있을까?"라고 혼잣말하던 때의 옆모습 같은.

그러니 매일의 사소한 일들을
하나하나
놓치지 말고 소중히 담으며 살아요.

늘 같은 사소한 일도
행운이라고 생각해보세요.

작은 일에도
눈물 흘리는 감사하는 마음이 될 테니까요.

투명할 정도로

그러니까

매일매일 조금씩
현명하고 강하고 아름다워지세요.

투명할 정도로 진짜로
현명하고 강하고 아름다워지세요.

BE WISER, STRONGER
AND
MORE BEAUTIFUL.

사랑스러운 과거

지금
그때로 돌아간다면
좀 더 잘 했을 텐데 하고

자신을 지워버리고 싶다고
울고 싶어지는 밤이
수없이 찾아오겠지만

하지만
언젠가
갑자기

초라했던 과거조차도
사랑스러워진답니다.

그런 날이 반드시 올 거예요.

ONE DAY, YOU WILL APPRECIATE WHO YOU WERE
HOWEVER UN-COOL YOU THOUGHT YOU WERE.

선물

해마다 한 살씩 나이를 먹지요.
신이 준 선물이라는 생각이 들어요.

EVERY YEAR,
GOD GIVES YOU A PRESENT

점점 더 행복해져요.

TO LET YOU BE HAPPIER -AGE.

결국

결국
스스로를 구원하는 것은

'자신을 진심으로 좋아하기'로

굳게 결심하는 '용기'가 아닐까 생각해요.

IF YOU HAVE COURAGE TO DECIDE
THAT YOU LIKE YOU,
YOU CAN SAVE YOU.

자신

당신이 해낼 수 있었던 것은 '스스로 결정했기' 때문이에요.

YOU DID IT
BECAUSE
YOU DECIDED TO DO IT.

Original Japanese title: PRESENT: SEKAI DE ICHIBAN TAISETU NA KOTO NO MITSUKEKATA

Text © 2012 by Yoko Sakanoue

illustrations © Grace Lee

Korean translation copyright © 2014 by Geuldam Publishing Co. All rights reserved.

Original Japanese published by KADOKAWA CORPORATION.

Edited by MEDIA FACTORY.

Korean translation rights arranged with KADOKAWA CORPORATION

through The English Agency (Japan) Ltd. And Danny Hong Agency.

당신에게 행복을 선물 하고 싶어요 마음을 전하는 작은 책 ⑤

초판 1쇄 인쇄 2014년 1월 20일
초판 2쇄 발행 2014년 9월 1일

지은이 사카노우에 요코 **옮긴이** 박승희 **펴낸이** 김종길 **펴낸 곳** 글담인디고

책임편집 이은지 **편집** 임현주, 이경숙, 이은지, 홍다회 **디자인** 정현주, 박경은 **마케팅** 박용철, 임형준
홍보 윤수연 **관리** 이현아

출판등록 1998년 12월 30일 제2013-000314호
주소 (121-840) 서울시 마포구 양화로 12길 8-6(서교동) 대륭빌딩 4층
전화 (02)998-7030 **팩스** (02)998-7924 **이메일** bookmaster@geuldam.com
페이스북 www.facebook.com/geuldam4u **블로그** http://blog.naver.com/geuldam4u

ISBN 978-89-92632-77-5 03830
책값은 뒤표지에 있습니다.
잘못된 책은 바꾸어 드립니다.

이 도서의 국립중앙도서관 출판시도서목록(CIP)은 e-CIP홈페이지(http://www.nl.go.kr/ecip)와 국가자료공동목록시스템(http://www.nl.go.kr/kolisnet)에서 이용하실 수 있습니다. (CIP 제어번호 : 2014000953)

이 책은 저작권자와의 계약에 따라 발행한 것이므로 이 책 내용을 사용하려면 반드시 글담출판사의 동의를 받아야 합니다.

글담에서는 참신한 발상, 따뜻한 시선을 가진 기획 아이디어와 원고를 기다리고 있습니다. 작품 혹은 기획안을 한글이나 MS Word 파일로 작성하여 이메일로 보내주시기 바랍니다. 출간 가능성이 있는 작품에 대해서 개별적으로 연락을 드립니다.